Le sortilège de la maîtresse

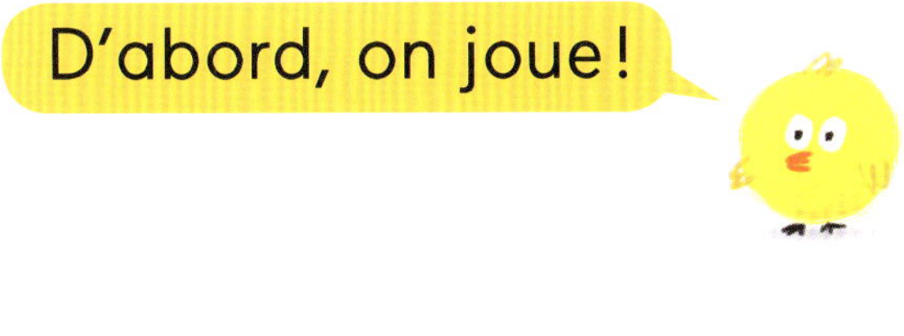

Avec ton doigt, aide la classe à rentrer à l'école en suivant les lettres du mot **SORCIÈRE**.

Super !

Voici des mots qui font « **sss** ».
On les lit ensemble ?

Attention, ils s'écrivent avec **s**, **ss** ou **c**,
mais on entend toujours « **sss** ».

			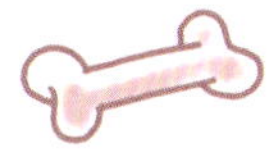
serpent	tasse	bassine	os
			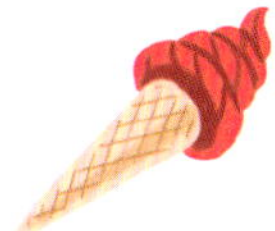
sorcière	soupe	souris	glace

Et si on inventait une histoire
avec ces mots ?

Choisis ceux que tu préfères.

Cette **sorcière** affamée mange une **soupe**/**glace** de **souris**/**serpent** dans une **tasse**/**bassine**. Mais il y a un truc qui dépasse ! C'est un **os** !

À ton tour !

Allez, on souffle un peu !

Fais du bruit avec ta bouche.

brrrrr csssss grrrrr vrrrrr

Quel bazar !

Les mots ont été coupés ! Retrouve les morceaux qui vont ensemble.

	ar-	-son
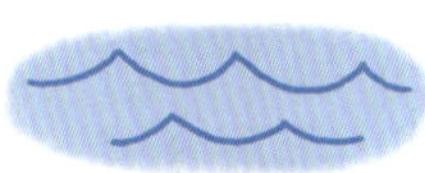	riv-	-bre
	mai-	-le
	éco-	-ière

Bravo !

Regarde bien l'image :
qu'est-ce que c'est ?

- un camion
- un autocar
- un train
- un vélo

Oups ! Le titre de l'histoire est en partie caché. Peux-tu le deviner ?

Maintenant, un peu
de gym pour ta bouche !

abracadabra ubrucudubru
obrocodobro

Quelle histoire !

La classe part se promener

dans la  .

Mais la  est habillée en  .

Et les  doivent chercher

sa  ...

Que va-t-il se passer ?

Et maintenant, ton histoire !

Le sortilège de la maîtresse

Une histoire de Ghislaine Biondi,
illustrée par Colonel Moutarde

Ce jour-là, la classe de CP fait un jeu de piste. La maîtresse est déguisée en sorcière.

– J'ai oublié ma baguette magique sous un chêne, dit-elle. Mais impossible de me souvenir où est cet arbre.

La maîtresse fait semblant
de réfléchir.
– Je me rappelle avoir longé
une rivière.

Paolo connaît la rivière,
elle est près de chez son papi.

La maîtresse et ses élèves
suivent Paolo.

Voilà la rivière !

La maîtresse donne
un nouvel indice :
– Je suis passée près
d'une maison abandonnée.

Les enfants regardent
autour d'eux.
– Là-bas ! s'écrie Nina.

Tout le monde court jusqu'à
une maison mangée de ronces
et de lierre.

La classe de CP suit les autres
indices et arrive en haut
de la colline.

Voilà enfin le chêne…
et la baguette magique !
– Vous allez faire de la magie ?
demandent les enfants.
– Dites-moi ce que vous voulez,
répond la maîtresse.

Toute la classe est fatiguée,
et personne n'a envie
de rentrer à pied.

La maîtresse regarde sa montre en secret. C'est le moment !

Alors elle agite sa baguette magique :
– Abracadacar, je veux un bel autocar !

Surprise : un autocar apparaît
au bout de la route !

– Montez ! dit le chauffeur.

La maîtresse lui dit à voix basse :
– Merci, chauffeur, vous êtes arrivé juste à l'heure !

Depuis ce jour-là, les élèves
de la classe de CP sont
toujours sages.
Personne n'a envie
d'être changé en crapaud !

Fin

Tu as aimé ?

Oui ?

Chouette alors !

Allez, maintenant, on se détend !

Tourne la page...

Comptine

À chanter sur l'air des
Petits Poissons dans l'eau.

La maîtresse est une sorcière,
Les élèves ont peur de sa baguette.
La maîtresse est une sorcière,
Qui sait ce qu'elle pourrait faire ?

Les jeux sont réalisés par l'éditeur et illustrés par Colonel Moutarde.

Mise en pages : Pascale Darrigrand

1, rond-point du Général-Eisenhower, 31101 Toulouse Cedex 9, France

Dépôt légal : septembre 2019
ISBN : 978-2-4080-0399-9
Achevé d'imprimer au 3e trimestre 2019 en Roumanie par Canale
editionsmilan.com